KB237345

문학과지성 시인선 429

여행자 나무

김명인 시집

문학과지성사

문학과지성사에서 펴낸 김명인의 시집

동두천(1979)
머나먼 곳 스와니(1988, 개정판 1995)
푸른 강아지와 놀다(1994)
바닷가의 장례(1997)
길의 침묵(1999)
바다의 아코디언(2002)
파문(2005)
따뜻한 적막(2006, 시선집)
꽃차례(2009)

문학과지성 시인선 429
여행자 나무

초판 1쇄 발행 2013년 6월 14일
초판 3쇄 발행 2015년 1월 16일

지 은 이 김명인
펴 낸 이 주일우
펴 낸 곳 ㈜문학과지성사

등록번호 제1993-000098호
주   소 121-894 서울 마포구 잔다리로7길 18(서교동 377-20)
전   화 02)338-7224
팩   스 02)323-4180(편집) 02)338-7221(영업)
전자우편 moonji@moonji.com
홈페이지 www.moonji.com

ⓒ 김명인, 2013. Printed in Seoul, Korea

ISBN 978-89-320-2414-1

문학과지성 시인선 429

여행자 나무

김명인

2013

시인의 말

무연히 몽유에 드는 밤들이 잦다.
손짓, 발짓, 괴성으로
곁의 한밤들을 구겨놓기 일쑤지만
깨어나 아무 일 없는 것을!
오랫동안 어지러웠던 물음들이 지극히 단순해졌다.

2013년 初夏
김명인

여행자 나무

차례

시인의 말

I

II

I

아귀

떠날 것은 떠나게 하고
남아 있는 것들과 뼛속까지 사무치면
이 바닷가가 적막하다, 먼 데 있어 아득하던
수평선도 눈썹에 와 닿는 것이니
일찍 나온 반달이 구름을 접었다 폈다

파도가 모래톱을 반쯤 입혔다 벗겨놓는다
철썩이는 갈기로 엎어지지만
꺾이지 않는
차고 빛나는 걸신들의 영원
가장 왕성한 탐식으로
몽돌들은 제 살을 긁는 허기와 마주친다
아무래도 이 공복 채울 길 없다

파도가 파도 밖에서 부른다
들키지 않으려고 아귀는
심해 속으로 더욱 깊이 잠수한다

有餘無餘

한동안 어지러웠던 꿈 이어지지 않는다
집을 떠나 너무 오래 헤매고 다녔나, 했을 땐
왜 그렇게 꿈속에서도 자주 거처를 옮겼을까
식구들 뿔뿔이 흩어졌고 소식이 없고
북적거리던 활기들도 적막 속에 숙였으니

다락에 앉아보면 바다로 펼쳤는데
거기 뜬 쪽배 한 척 없다면!
어느 겨를에 출입조차 써늘해진 청동 속에 갇혀
당겨진 수평 끝에 매운 혀를 매다는
뭉클한 종소리만으로
나는, 수초처럼 마음 얼룩들 쓰다듬지 못하겠다

수심에 일렁거리는 건 헐벗은 해조
숨차서 솟구치던 천둥벌거숭이도 어느새
부레를 잃어버려서
잠긴 뒤로는 더 이상 떠오르지 않는데

그도 구름이 조율하던 바람 무늬였을까
아무리 뜯어도 이 탄금 펼쳐지지 않아서
제 곡조 얻지 못하는 현들의 저녁
날개를 옥죄는 검은 혀의 전족처럼
소스라쳐 깨어나는 한때의 메아리처럼

어디로?

과꽃들이 한낮도 못 지지고 물러낸 햇살이
담장 아래로 흘러내리고 있다
골목길이 끌고 오르는 언덕 저쪽은 잿빛
누런 이빨 사이에 끼인 듯 탁한 사연이
담장을 타고 넘는다, 한 여자는 비닐 장바구니 들었고
다른 여자는 왼손으로 손지갑을 감쌌다
얼마만큼 늘어졌다 끊기는 말소리 속
지금 누군가 위중하다
마을버스가 멎자 손지갑이 타고 떠났고
장바구니는 맥 빠진 뒷심을 끌고 언덕길로 올라갔다

잔뜩 찌푸렸다 사라져가는 장마 구름의 뒤태들
저런 구름 몇 평 분양받아
품고 있던 비 죄다 쏟아붓게 하면 안 되나
서로가 서로를 삭일 새도 없이
마구 헝클린 실마리뿐인 필생들
너 여태 여기 웅크리고 있었느냐?

희멀건 햇살이 과꽃의 시체에 왕관을 덧씌우고 있다

대양의 한가운데 떠도는 어떤 섬은
쓰레기들이 뭉쳐서 번성한다, 다 쓰인 뒤에도
서로의 형해로 남는 허전한 구각들
얼마만큼 감춰지고 지워지다
문득 소스라쳐 깨어나는 통점들
손잡이만 가득 달린 빈 서랍장 밀고 여기까지 왔다

이제 또 어디로?

여행자 나무

이 나무는 사막을 거쳐 온 여행자들이
잠깐 쉬었다 가는 자리
그늘을 깔아놓고 행려의 땀방울을 식혀준다
헤아릴 수 없는 순례의 길목이 되면서
뻗은 실가지도 어느새 우람한 팔뚝으로 차올랐지만
나무는, 여행자들이 내려놓는
들뜬 마음이나 고단한 한숨 소리로
사막 저쪽이 바람편인 듯 익숙해졌다
동이 트고 땅거미 져도 활짝 열린 사막의 창문
맞아들이고 떠나보낸 여행의 수만큼 나무는
세계의 전설로 그득해졌지만
잎을 틔워 초록을 펴고 시드는 잎차례로
낙엽까지 가보는 것이 유일한 해살이였다
언제나처럼 굴곡 겹친 사막의 날머리로
지친 듯 쓰러질 듯 한 사람이 멀리서 왔다
딱 하루만 폈다 지는 꽃의 넋과 만나려고
선연하게 둘러앉는 두레의 그늘, 석양이 지고 있다
창밖으로 보면 오늘의 여행자는 홀로 서서 고즈넉

하고

　나무 또한 그가 버리고 갈 길에는 무심하지만
　펼쳐든 여정이라면 누구라도
　접을 수 없다는 것을 알게 될 때 여행이란
　하루에도 몇 번씩 어제가 포개놓은 그늘에 서게 하
는 걸까?
　아직 행려의 계절 끝나지 않았다
　어디로도 실어 보내지 못한 신생의 그리움 품고 나
무의
　늙은 가지에 앉아
　몸통뿐인 새가 울고 있다

캄캄한 독서

책장을 펼쳐놓고도 하루 종일 글자가 눈에 들지 않
았으니
이 생각도 이제 덮어야만 할 갈피
겨울로 드는지 서둘러 연구실 창밖이 지워지고 있다
저만치 어둠 속으로 혼불인 듯 불빛 한 덩이 날아
간다

이런 시간에는 누군가 곁에 바짝 붙어 서서 묻는다
채움과 비움의 차이는 무엇이냐?
늦가을 저녁은 연무로 채워지고 나는 천천히 비어서
창밖 나무들과 스산하게 지우는데
나 모르는 시절의 골똘함, 그 메마른 집착이
탁류 훑고 가는 건천 바닥인 듯 가슴을 저민다

그리하여 가지 휘는 바람 소리
감고 푸는 귀가 있다 하자, 한 귀는
아우성 속으로 퍼뜨리고 또 한 귀는
침묵 속으로 닫아거는 걸

나는, 어떤 전말에도 비켜서느라 그 풍파에
얹히고 싶지 않았다

어둠은 때로 빈자의 꿈을 몰아 반란의
활자들을 키운다, 동행할 수 없을 때
그리움 따윈 꺼내놓지 말아라, 쥐어뜯어야 할 듯
숨 가빠와도
후회는, 끝내 가담하지 않았던 그 망설임 판독하
는 것

우물 밖 동네

예전의 우물은 마을의 중심이어서
동네마다 공론이 샘솟는 우물 하나쯤은 갖춰놓았다
누구든지 말은 풀고 소문은 긷고
수다 지나쳐 이끼가 끼면
손 없는 날을 받아 두레로 청소했었지

우물 밖 동네란 지지리도 가난했지만
제 양껏 기갈 채워도 찡그리지 않는 물낯이 있어
하늘을 축이며 구름도 어루만지며
세월과 함께 느리게 혹은 빠르게 늙어갔지
이제 누구도 그 전설에서 물 긷지 않아
허공 혼자 펼쳤다 거두는 저만의 얼룩

이야길 길어 올리려 두레박 내린 것 아닌데
이 우물, 너무 메말라서 수면조차 없네
들여다보면 캄캄하게 웅웅거려 더욱 골똘해진 그
리움
별똥별 떨어져 표시하는 예전의 우물 자리에 서서

물 긷던 사람들의 아득한 별자리 헤아려본다

사라진 동네에 우물이 하나, 지금은
흔적조차 지워져버린
저 오랜 가난 깨우지 마라
사무친 전설들 뼛속 깊이 저며올 때까지

겨울 망양

바다를 둘러 쓴 언약이 있었으나
제 몸 들부수어 허공을 받아드는
파사(婆娑)의 율동밖에 익힌 것이 없다면
겨울 망양에 와서 보라, 파도가 어떻게 저를 업고
저를 부려놓는지

포말이 바위 한 채 깎아내기는
억년 더 억년 무심한 세월을 건너지만
그게 절망인 줄 아는 까닭에
이 내전, 등이 굽을수록 환하게 부풀어 오른다
죽으러 오는 새와 죽어서 날개 다는

파도는, 묻는 마음마다 서늘하게 출입을 잘라주고
오늘이 하릴없어
한 짐 또 한 짐 지치도록 맹목을 져 나른다
불현 소리가 높아 물새들 낮게 낮게 흩어져 날 때
바위 스스로 깎아 세우는 아슬한 등명

파도 뒤에 파도, 그대는 불고 나는 날리니
뿌리쳐야 솟구치는 눈물 한 방울
파도는, 지고 온 재의 가슴 허공에 부려놓고
수평 한 축 되어 비로소 산발한다

살

걸음을 못 걸으시는 어머닐 업으려다
허리 꺾일 뻔한 적이 있다
고향집으로 모셔 가다 화장실이 급해서였다
몇 달 만에 요양병원으로 면회 가서
구름처럼 가벼워진 어머닐 안아서 차로 옮기다가
문득 궁금해졌다, 그 살 죄다 어디로 갔을까?
삐꺼덕거리던 관절마다 새털 돋아난 듯
두 팔로도 가뿐해진 어머니를 모시고
산중턱 구름 식당에서 바람을 쐰다
멀리 요양병원 건물이 내려다보였다
제 살의 고향도 허공이라며
어제 못 보던 구름 내게 누구냐고 자꾸 묻는다
난 아직 날개 못 단 새끼라고
말씀드리면 머지않아 내 살도 새털처럼 가벼워져
푸른 하늘에 섞이는 걸까?
털리는 것이 아니라면 살은 아예 없었던 것
이승에서 꿔 입는 옷 같은 것
더는 분간할 일 없어진 능선 저쪽으로

어둠을 타고 넘어갈 작정인가, 한 구름이
문득 시야에서 사라지고 있다

문장들

1

이 문장은 영원히 완성이 없는 인격이다

2

가을 바다에서 문장 한 줄 건져 돌아가겠다는
사내의 비원 후일담으로 들은들
누구에게 무슨 감동이랴, 옆 의자에
작은 손가방 내려놓고
여객선 터미널 유리창 너머로 바라보면 바다는
몇만 평 목장인데 그 풀밭 위로
구름 양 떼, 섬과 섬들 이어놓고
수평선 저쪽으로 몰려가고 있다
포구 가득 반짝이며 밀려오는 은파들

오만가지 생각을 흩어놓고

어느새 석양이 노을 장삼 갈아입고 있다
법사는 문장을 얻으려 서역까지 갔다는데
내 평생 그가 구해 온 관주(貫珠) 꿰어보기나 할까?
애저녁인데 어둠 경전처럼 밀물져
수평도 서역도 서둘러 경계 지웠으니 저 무한대
어스름에는 짐짓 글자가 심어지지 않는다

3

윤곽이 트이는 쪽만 시야라 할까, 비낀 섬 뿌리로
어느새 한두 등 켜 드는 불빛
방파제 안쪽 해안 등의 흐릿한 파도 기슭에서
물고기 뛴다, 첨벙거리는 소리의 느낌표들!
순간이 어탁되다, 탁, 맥을 푼다
끝내 넘어설 수 없었던 상상 하나가
싱싱한 배태로 생기 넘치더니 이내 삭아버린다

쓰지 않은 문장으로 충만하던 시절은 내게도 있었다
볼만했던 섬들보다 둘러보지 못한 섬
더 아름다워도
불러 세울 수 없는 구름 하늘 밖으로 흐르던 것을
두 개의 눈으로 일만 파문 응시하지만
문장은 그 모든 주름을 겹친 일 획이라고
한 줄에 걸려 끝끝내 넘어설 수 없었던 수평선이
밤바다에 가라앉고 있다

4

시원에 대한 확신으로 길 위에 서는
사람들은 어느 시절에도 있다
시야 저쪽 아련한 미답들이
문득 구걸로 떠돌므로 미지와 만난다는
믿음으로 그들은 행복하리라
타고 넘은 물이랑보다 다가오는 파도 더 생생한 것

그러나 길어 올린 하루를 걸쳐놓기 위해
바다는 쓰고 지운다, 요동치며 너울이 고쳐 적지만
부풀거나 꺼져 들어도 언제나 그 수평선이다

　　　5

일생 동안 애인의 발자국을 그러모았으나
소매 한 번 움켜잡지 못해 울며 주저앉았다는 사내
그의 눈물로 문장 바다가 수위를 높였겠는가
끝내 열지 못한 문 앞에서 통곡한
사내에게도 맹목은, 한때의 동냥 그릇이었을까?

문장은, 막막한 가슴들이 받아안지만
때로 저를 지운 심금 위에 얹힌다
늙지 않는 그리움 안고 산다면
언젠가는 수태를 고지받는 아침이 올까?

6

어둠 속에 페리가 닿고 막배로 건너온
자동차 몇 대, 헤드라이트를 켜자 번지는 불빛 속
으로
승객들 흩어진다, 언제 내렸는지
허름한 잠바에 밀짚모자, 헝겊 배낭을 멘 사내 하나
어두운 골목길로 사라진다
혹, 문장을 구해 서역에서 돌아오는 법사가 아닐까
그가 바로 문장이라면?

허전한 골목은 닫혔다, 바다 저쪽에서
또 다른 사내들이 헤맨다 한들
아득한 섬 찾아내기나 할까?
일생 처녀인 문장 하나 들쳐 업으려고
한 사내의 볼품없는 그물은 펼쳐지겠지만
어느새 너덜너덜해진 그물코들

나는 이제 사라진 것들의 행방에 대해 묻지 않는다
원래 없었으므로 하고많은 문장들
아직도 태어나지 않은 단 한 줄의 문장!

구름에 적어 하늘에 걸어둔 그리움 다시 내린다
수많은 아침이 피워 올린 그날 치의 신기루 가라앉고
어느새 캄캄한 밤이 새까만 염소 떼를 몰고 찾아
든다
그 염소, 별들 뜯어 먹여 기르지만
애초부터 나는 목동좌에 오를 수 없는 사내였다

공중부양

이사 올 때 칠했던 흰색 페인트 벗겨지고
완고하던 홈통들도 여기저기 숨죽였건만
장마 오기 전 비 새는 지붕이나 가끔씩 손보면서
서른 해가 넘도록 사는 집을 바꾸지 않았다
간혹 재개발 소식이 들려오는 지금까지
살비듬 흘리듯 무심결에 비껴 세웠던 집
한 세월 딛고 갈 징검다리라 여겼다
돌아설 수도 없는 건너편에서
무슨 소용돌이로 저 징검돌들 다시 출렁거려보랴
아이들 출가해 내외끼리 마주보면
사태 진 데도 많은 자갈투성이의 너덜겅
그 비탈에 기대 풍파 견디기도 했거니
생계를 지피고 급류 비끼는 동안
집은 너럭바위도 되고 방주도 되었다
언젠가 생가를 찾았을 때 지번 찢기고
집터조차 흔적 없어져 문득 태생이
망실된 것처럼 허전했었다
퇴영을 붙들고 한나절 시와 씨름하는데

놀이터에서 아이들이 공을 차는지
허공으로 피어오르는 듯 떠들썩한 함성
유리창을 깨고 방 안까지 굴러온다
세월에 들려 굽이치면서 저 아이들도
제 집 떠밀며 흘러가겠거니
어느새 하루가 잦아드는 창밖 물끄러미 내다보면
파묻힐 듯 사무치는 석양 끌고
새들 날아간다, 저기
집이란 저렇게 가벼워야 공중부양도 하는 것을!

숲은 불의 기억을 간직한다

울창한 수림 사이로 난 간벌된 길을 따라
허리 언저리 뚫고 산정으로 꺾이는 중
감추어진 두려움이 숲에는 있어
인기척에 놀란 새들 덤불 속으로 흩뿌려진다
불바다 숲을 휩쓸고 지나갈 때
화마가 내미는 어떤 손을 잡으려고
불길 속에 쳐드는 수많은 가지들, 불장난 삼아
숲은 송두리째 제 몸 사르기도 하는 것을
샛강이 묻힌 와디를 지나가며
한나절만 울부짖는 사막의 폭우처럼
나무들이 터놓은 은밀한 공멸이
더벅머리 위로 지나간 바리캉 자국보다 선명하다
매캐한 화기 아직도 주춤거려
선뜻 들어서기 먹먹한 이곳
채록이 끝난 지점을 다시 가로막는 의심들로
사방도로 중간에서 한참을 머뭇거린다

II

꽃들

낮잠에서 깨니 머리맡에 꽃소식이 당도해 있다
만선에 실려 오는 꽃나무 한 시절들
그대가 약속을 지키려 근근하듯이
꽃은 제철의 두근거림으로 한 해를 갱신한다
상청 이불 덮고 누웠으니
어디서 산비둘기 구구거리는 한낮
꽃 타래들, 다비에 든 듯 화염 사르는구나!
공손한 꽃아, 피고 지는 건
네 일이지만 나는 너를 빌려 쓰고 내일로 간다
연년세세로 물든 분홍 새 날개 펴니
거처 없이도 견디는 깃발처럼
혼곤한 신생의 새봄 안간힘으로 울뚝하다
오늘은 오늘 꽃, 수만 송이로 허무는 탑
버림받을 사랑이니 돌보라고
이 환(幻), 나에게 흘러보내는 건 아니겠지?

복사꽃 매점

유리문을 반쯤 젖혀놓고 젊은 여자가
문턱 밖으로 분홍 꽃술들 내다 놓고 있다
화창한 봄날인데 손님이 없는지
볼이 바알간 너댓 살 계집아이가 제 엄마
치맛자락 붙들고
선반 위의 구름과자 내려달라고 조르는 중이다
만화경 속을 들여다보는 것은 옛날의 버릇!
울긋불긋 다홍을 잔뜩 펼친 매점 안으로
아이가 손을 이끌어서 한참 기웃거리는데
막 걸러놓은 듯 오늘의 꽃술 향기
십 리 저쪽 오일장은 어느새 파장인지
장꾼들이 노을 저녁 둘둘 말아 지고 어둑하게
매점 앞을 지나간다
이것저것 잡동사니로 쳐도
아직은 팔 것 지천인 복사꽃 매점

앵두

작년의 초록 너무 오래 짙었으므로
지나온 사람의 뜰 지금도 늦봄이다
앵두가 익었다, 불 밝힌 필목 펼치자니
그대가 돌아올 때 한참 멀었는데
때 아닌 꽃다지 들고 장터 포목전 근처를 얼찡거린다
어디에도 없는 세월
우리가 사는 것 아니듯이
발갛게 익은 앵두는 앵두로서 한철 겪고 간다
그 빛 밝은 그리움 속을 걸어왔으니
유월이 다시 펼쳐놓는 이 길목
앵두여, 어제의 풋풋함을 말 태운
옛 생각은 분홍빛 속에서 더디고 더딘 것
믿을 것이 못 되는 기억 두어 그루
울타리 이쪽에 붙박여 예전의 향기 뿜고 있다
송글송글 맺힌 땀방울이 발그레한
네 두 볼을 타고 흐른다
그 스무 살 해마다 사는 나는
가슴 안팎에 웬 앵두 씨나 잔뜩 뱉어놓고!

치차

어깨 웅크리고 허리 구부린 채로
무진 근처까지 가서
염색 가게에 들렀을 때
쪽빛 파는 물감 장수가 저 천연색은 어떠냐고
둘레 몇백만 평은 어느새 누런 벌판이었다
너무 늦게 도착한 거기서도
주문한 색소 없다 하면
조개를 까먹던 혈거나
귀 무덤 코 무덤으로 쫓기던 전란 통이나
삶은 그저 그런 걸까, 어느 때라도
귀먹고 혼몽해서야 당도하는가
혈육이나 겨우 알아보면서
털털거리는 치차 그대로 천만세에 든다 한들
틀니 빼놓고 통음하는 저 노구를 보라
칼바람 몰려와 들었던 잠 불러내니
창밖엔 버짐나무
대답 대신 이파리들 꿈속처럼 색 바랜다

감꽃

베어버린 감나무 아래 감꽃 흩어져 있다
바닥에 내팽개쳐진 유월의 그림자 꽃
분분한 날개들이 군데군데 얼룩져 있다
어떤 하루살이도 살아낼 일 어지러워
겨우 태어난 가지 끝 땡감들은
저도 떨어질까 푸른 걱정으로 올망졸망한가
감꽃을 주우면 여러 해가 응어리진다, 유월은
죽음조차 흥성거리는 달
올해도 어김없이 꽃신을 신고
잠깐 놀러 나온 눈부신 행락들이
그대의 이마에도 발자국 찍고 간다
감꽃 떠올린다 한들 그대가 시절을
기억할까, 담장 밖까지
수줍은 웃음꽃 파다했으니
치매로도 끊을 수 없게
질기디질긴 감꽃 목걸이나 엮어줄걸
배어들면 연한 갈색인데 감물은
바탕이 해지도록 지워지지 않는다

몸 맛

백일 내내 담장 위에 내려앉던
붉음도 싱거워지면 성긴 가을이라고
백일홍아, 백일홍아, 짐승이던 햇살로 맛보던
석 달 열흘의 맹렬, 들끓던 그 도가니 속으로
뒷걸음쳐, 자꾸만 뒷걸음쳐 가보자
거기 어디 타오르는 화염을 입고
쏜살인들 팽팽하게 부대꼈으려니
그냥 바라보기에도 터질 듯한 몸이라면
너는 내 싱싱한 외로움으로는 건너갈 수 없고
불판 위에라도 함께 엎질렀을 것이니
활엽과 열매의 산란으로
정들었던 무릎 자리, 어느 순간
우리가 건너온 만기로 회감되겠구나
쭈글쭈글 탕자의 세월처럼 이전해가며
그도 낙엽의 누선을 켜고 앉겠지만
부석거리고 푸석거리는 일도
멈춰 서기를 거부하는 몸의 맛이려니

이 잠 저 잠

백중을 구워내는 도가니 공장과 낮잠은
빼닮았다, 악몽에 빠진 공장장이
들고 건너온 구름 베개의 한낮
그늘을 버텨주던 숲의 마음이
옅은 잠귀에 대고 속삭인다, 떠도는
물방울들아 잘 견디느냐?
죽은 친구와 한참을 더 엎어졌다가
노을 비낀 저물녘으로 흘러나오니
땀 절은 몸이 물 먹은 솜처럼 혼곤하다
구름의 일생을 돌보느라
시드는 꽃자리가 바람 빠진 풍선이었나
서산 모롱이 어느새 어둠이 장착되고 있다
냉동사가 되어 일생을 꽁꽁 얼려버리는 꿈
모든 후일담과 환승기는
빼닮았다, 그 위에 얹히는 순간
지워질 차례를 기다리니
꽃들이 누선을 켜고 석양처럼 글썽거린다
잠이 오래면 예감은 엷어지는 것
그 꽃 만나러 가는 길 짧아졌음을 그대는 알까?

投花

키 큰 접시꽃 화염도 제각각이지만
골똘한 생각이나 매달고 빗속에 나앉은 저 얼굴들은
추럼해서 기울인 낮술인 듯 서로가 얼큰하다
꽃들은 아주 낯선 곳에 이른 듯 올해도 어리둥절
하고
시절 또한 내남없이 수선스럽지만
피었다 이우는 게 꽃날이니
올해의 꽃불 볼품없다 해도 어둡지 않다
불은 꺼뜨렸으나 불씨 마뜩해서
마당에 그 꽃 폈다는 소식 전하려다
문득 배낭을 메고 현관에 서서야 행선지를 말하던
네가 생각나서 그만둔다
구름 덮치며 햇살 가듯
꽃들은 제 흥망 견디면서 시드는 것
이 봄에 더 많은 결심들이 던져지고 깨어지리라

자수정 흘러오는

등줄기에
자줏빛 띠를 두른 물고기
떼 지어 꼬리 친다
이 골짜기 깊숙한 곳 어딘가
자수정 광산이 있다고 했지
상류로 하류로
돌부리에 걸려 번뜩이는
은빛 배때기들
물보라 광상(鑛床) 일궈
수정 힘줄로 꼬는
세찬 물살들, 물굽이라서
더욱 영롱한 편린들
부서지는 게 돌
위에 번지는 물무늬라 해도
반짝이는 건 반짝이는 것
흐려지듯 지워지며
물고기 떼 흩어지고
등 굽은 계류만 그늘 지핀
물소리로 서늘해질 때

전람회 불빛

전람회에 끌려 나온 불빛들은
경계에 스미는 동안만 온전한 불빛이다
오늘 밤은 그림자까지 역광으로 또렷하니
환한 조명 아래 다투어 빼어난 저 실루엣들
기단을 우뚝 세운 좌대 위에서라면
불을 켜고 웅크린 심해어조차
지느러밀 활짝 펴 지진을 불러내리라
중심을 휘발시키는 둘레의 명상
테두리 덧댄 사색일수록 요기로 타오르니
이 시차야말로 배치된 전시물을
성글고 매혹적인 공백 속에 들끓게 한다
어떤 것들은 서 있고 어떤 것들은 누웠다
윤곽을 조여오는 팽팽한 나태가
갓 태어난 욕망인 듯 불빛 안쪽으로
전람회의 호기심들을 끌어들이고 있다

밤의 저수지

이 저수지는 해종일
하루가 주저앉을 차례를 마련해왔다
수면 깊숙이
그늘을 벗어던지는 벚나무 가지 사이로
물들인 손이 별들을 잡아매는 때

이런 밤은 너무 많은 일가들이 우루루 몰려나와
서로의 어둠에 부어지거나 서로에게 넘치거나
아주 잠깐 쓰이려고
야윈 살별로도 일생을 거두고 가면
오만 가지 생각들 다 물속에 가라앉고
밤새 울음만 저수지의 파문으로 얼룩지는 때

먼저 온 적막과 나중 온 안개가
바꿔 앉을 차례를 잊고
밤새워 끌어안고 서로를 더듬거릴 때

살이라는 잔고

갓난아기를 안을 때의 눅눅한 살가움
맨살에 닿던 뭉클한 화색을
나는 오래 잊어버렸다
한때 울창했던 숲에 대고
메마른 목소리로 말하리라, 버짐나무여
언제부터 황사 속에 서 있었느냐?

물살에 적셔야 건널 수 있었던
여울목들, 자갈돌 끓어오르는
저녁의 개울가에 젖은 옷가지를 벗어 넌다
거죽과 뼈로 지은 굴피 집
기울고 기운 살의 몰골이 물에 비친다

되는 대로 미끄러져가며 터뜨렸던
내 삶의 어떤 폭죽들
이쪽 끝에서 저쪽 끝까지
잠깐 일어섰다 부서지던 파문을
저도 안다는 것일까

모르는 사이에 사십 년이 꼬박 흘러갔다!

결심을 하고 그 결심으로부터
덜어내는 살이라는 잔고
잔고라면 바닥내는 일 없어야지
지치고 외로워야 이 축생은 한때의 온기를
기억하나 보다, 세찬 물굽이에 휩쓸렸어도
물살의 살가움 오랫동안 생생하고

III

침묵을 들추다

아이들이 운동장 가운데로 달려가고 있다
펼쳐진 시야가 소리를 삼키는지
저들의 함성 이곳까지 도달하지 않는다
공터 너머 깊숙한 초록은 연무 뒤에서 숨죽이고
실마리 모두 지워버린 무언극의 무대 위로
헐거운 한낮이 멈출 듯 지나가고 있다
아이들이 이리저리로 공을 따라 쏠리지만
고요 속에 펼쳐놓는 놀이에는
성긴 무늬들만 군데군데 얼룩져 보인다
소리를 다 덜어내고
납작납작 눌러놓은 풍경들 아뜩하다
저 침묵 들추고 안으로 들어설 수가 없다

아득한 식욕

식욕이 뜸 들이는 게 이승이라는 걸
저 물고기도 안다는 것일까?
물살이 흐려놓는 필생의 탐식을
얼비치는 구름 사이로 떠밀고 가는 황금 잉어 떼
서로의 아가밀 수면 가까이 밀치기도 하지만
그늘이 깊어 물무늬는
돌다리 안쪽에서만 어른거리다 스러진다

절 그림자 끌고 오는 극락교 아래 풍경(風磬)이여
추녀 끝 청동 물고기가 엎지르는
수만 근 업보 중 어느 쇳소리가 더 쟁쟁하여
매 맞고 주리면서 종각 속 목어는
텅텅 비운 내공으로 화답하는 것일까?
극락은 비었대도 식욕을 품고서는 당도할 길 없는데

조등이 켜져 있고 사잣밥 엎질러진 제(祭) 너머
입의 길 벗어놓더라도 허기는
끝끝내 끌어안고 건너나 보다

식욕까지 비우고 나면
바스러지는 쇠북 소리도 이승의 내력일 뿐
돌다리 저쪽으로는 옮겨놓지 못한다

아무 일 없이

창밖엔 구름 조금, 어느새 먹구름 부풀어도

아무 일 없이 하루가 간다

후두두둑 빗방울 져서 언덕길로

하나둘 우산들 오르내려도

땅거미나 갈아붙이니 일없이 완강한 하루

묵혀두는 우물이란 없으니

오늘의 수위를 지키려고

누군가 치약처럼 얼룩을 짜 보태고 있다

지울수록 안부가 궁금해져

어제 그제 어머니를 뵈러 가고 오던

풍기 인애의 요양병원

그 언덕길에 피었던 꽃 지고 있던 양귀비

꽃밥 위에 주저앉던 나비 한 마리

경계 문지르며 날아간 서쪽

출처가 분명한 내 하루의 돌팔매들

던지면 금방이라도 실금을 받아 안을

허공 속 유리 물고기 한 마리

아무 일 없다는 듯

지느러미 움찔거리다 제자리에 멈춰 있다
내몰린 하루가 유리창 밖에서
오늘의 어둠 더미로 고여 썩고 있다

냉장고 묘지

장례는 주검을 조처하며 얼마 동안
이승에 거치시키는 의식인 것을
이 동네는 집집마다 가족 묘지를 마련하고
초분의 풍습과 애도의 절차를 익혀왔다
초개의 질서를 따라가며
썩어 문드러지는 살들의 표정을 살피고
마침내 주검을 장송하는 의식을 학습하는 일은
일생이 거쳐야 할 착종인지 알 수 없지만
죽음에 바치는 제사란 생의 또 다른 염원일까?
묘지기가 없는 가족 무덤 한 기
인가의 공터에 버려져 있다
궁금한 이웃들이 실리콘으로 밀봉된
무덤을 열자 거기 탈골되다 만
여자의 시신이 발굴되었다
냉장의 불빛이 꺼져 동면에도 들지 못한 채
시즙에 흠뻑 젖고 냄새로 짓이겨진
벌거벗긴 저 뼈의 주인은
언제부터 초분 속에 쪼그리고 있었을까?

심청 누님

입 하나 덜려고 동생들 학비 보태려고
식모살이며 가발 공장에 방직기 앞으로 달려갔던
그때 누님들 어떻게 지내시나 무얼 하며 사실까?
마주 앉은 심청은 어느새 일흔
흘러넘치는 눈꺼풀 시야 다 가렸는데
사촌 누님은, 그래도 그때가 정겨웠다고
세상없이 포만했다고
독거가 인당수처럼 입 벌린
저 구부정한 세월 속으로
절뚝거리며 건너가는 심청 누님은!

천 갈래 외로움 천 강에 띄워놓고

한 해가 저물도록 안부조차 닿지 않는 혈육이라면
혈흔 따윈 뭉개진 지 이미 오래
그래도 명절은 살아 저렇게 핏줄들 잇고 있으니
우리는 아직도 피톨들이 떠미는
혈의 강 건너는 중일까?
베푼 것이 없어 무료나 마름하는 섣달그믐
천 갈래 외로움 천 강에 띄워놓고
절연의 밤 어서 지나가길 기다린다
더러는 죽고 더러는 날아가버린
떠들썩했던 십자매의 옛 조롱을 떠올려보면
문득 어느 농담이 있어 이 난파 가까이
밀려들 것 같지가 않다, 저도
기적을 일구거나 날개를 다쳤거나
침잠하면서 참척하면서 마침내 혼자일 것이니
닫아걸어도 휭한 건 마음의 빈 곳간
나는 더 뻔뻔한 핏줄을 이어받았어야 한다
졸다가 부스스 깨어났는데 자정을 넘긴 TV 속
아직도 흘러가는 강물이 비친다

이 종족, 자진해서 버림받을 조상이 없어
나는 무너뜨릴 혈통도 없다

악력

잠자리에서 일으키는 몸이 예전 같지가 않다
오랜만의 숙취에 근육들 놀아났다 해도
제자리 찾아가는 뼈마디들 너무 게으르다
미로와 사귀느라 기억들도 멈칫거리는지

후줄근한 상심을 안다면 이런 아침에는
몇 겹씩 접어주고 호명하리라
그렇더라도 속주름만큼은 아무에게도 들키지 말자
얼른 안 트이는 시야 예삿일로 떠넘기고
나는 지척만 품으면 되는 것
원근을 놓아버리니 운신 한결 수월해졌다고
얼마간 헛헛한 수긍도 있는 것이다
때로 심각하게 마주쳐도 밋밋하게 돌아서면서

손아귀에 힘이 있다는 것은
힘줄이 뼈마디를 제대로 움켜쥔다는 것
그 악력으로 상대를 가늠하는
네 손이라 다소 저리지만, 나라고

제 지체 벌거벗기고 싶겠는가
한순간이면 찾아들 아침의 이슬이라도

여기, 천정부지로 값이 뛰어오르는 풀잎 한 자리
있다

민얼굴

노인이 안 보이고부터는 빈집인 줄 알았는데
어느 날 현관문에 금줄이 쳐지고
유체 정리반이 도착하고서
그 집, 한동안 망자 혼자 지키던 독채로 밝혀졌다
여름 하수구를 녹여내는 듯 한동안 풍비하던
퀴퀴한 냄새의 정체가
온 동네에 고독사를 알린 그 사내 부고로 드러나면서
밤낮으로 출몰하는 소문 속 유령과 마주치지만
시신을 수습한 뒤에도 시취를 분해하던 오존은
몇 달이나 더 오래 이웃들에게
가까이 다가선 죽음을 각인시킬 것이다
그는 꽤 화려했던 독신주의자였다
한때는 웬만한 자동차보다 비싸다는 오토바이를 타고
해거름의 해안 도로를 넘나들었다
텅 빈 냉장고 말라붙은 냄비 녹슨 식칼 이런 것들로
죽음을 베껴 쓴들 무슨 보고서가 될까?
세계의 끝까지 헤매고 싶었던 떠돌이의 족적은

마침내 칠흑에 비끄러매졌지만
한 뼘도 안 되는 둘레가 그에게도 혹독했음을
단란하게 웃고 있는 액자 속 순간들은 말이나 할까?
두 달이나 발견되지 않고 혼자서 지킨 주검
어느새 숙성했는지 온몸이 검버섯으로 뒤덮였다

거기 누구요, 문 열고 내다보지 않아도
누구나 시시로 방 안에 우뚝 선 죽음의 민얼굴과
마주친다

구제역

여행은 즐거웠다, 안부나 전하려고
봄빛에 적신 엽서를 들고 차창 밖을 내다보는데
이 간이역 도대체 언제 세워진 것인가?
발굽 셋인 짐승들 가득 실은 객차가
낯선 역두에 멈춰 서 있다
초록 연무 소문처럼 창궐하던 날이었다
분무기로 뿌려대는 이슬비 맞다 보면
여정들 어느새 한산해지고
휑한 가슴만 빈 축사처럼 남게 되는지
포클레인이 식인의 소리 질러대며
골짜기 저쪽으로 몰려가고 있다
전생에 말이었나, 소였겠지, 순한 눈망울
껌뻑거리는 봄의 눈자위로
어지럽게 발굽 찍어대는 환한 햇살들
신록을 담아내는 구유 앞에
나는 왜 거식증을 앓고 있는지
구제한다는 것은 철십자가 지고
썩어 문드러지는 제 십이지장 속을 걷는 일

이 간이역으로 되돌아오는 짐승들이
태워 올리는 소지 같아서
혼자 바라보는 꽃비에 가슴 저민다

기러기백숙

벌초하다 건너다보는 비탈길로
시제 마친 차량들 꼬리에 꼬리를 문다
정체되기 전 서둘러 돌아가려는 저 족당들
해 지려면 한참 멀었는데 푸름도 저렇게 넘실거리
는데
혈맥이 막히는지, 길바닥에 봉묘처럼 늘어져 있다

무덤만큼 든든한 뒷배 어디 있으랴, 풍광을
파헤치고 그린벨트 안쪽까지 묏자리 댄 봉분들
서툰 벌초에 깃털 몽땅 뜯겨 소반 받쳐 올린
백숙 같다는 생각에 피식 웃고 말지만
그럴 작정도 아니면서 어쩌다 말려든 인생
식구들 먼 데 보내고 혼자 남은 외기러기인가 싶어
문득 글썽거려지는 마음 산그늘 속으로 슬며시 밀
어 넣는다

떡갈나무며 오리나무를 쳐낸 등성이 아래
듬성듬성 파헤친 구덩이 사이로 팻말 세워둔 것을

보면
　이곳도 아파트 단지로 변할 거라는 말 실감하는데
　그때는 혈흔 거스르는 기러기도 이곳저곳
　한참을 더듬거려야 할 것만 같아

　연고 없는 봉분들 그러모아 번지로만 표시해둔
　이주 단지 앞에서 나도 서성거린다
　죽어서 낯선 땅의 기제사나 기웃대야 한다면
　처량한 귀신 따로 없다, 귀에 익은 전음 속삭여와
　올려다보니 저무는 하늘
　깃털 몽땅 털린 기러기백숙 떼로 날고 있다

상강

갈 데 없어 한나절을 베고 누웠는데
낮잠인가 싶어 설핏 깨어나니
어느새 화안한 석양이다
문턱을 딛고 방 안으로 스미는 가을 햇살들
먼 길 가다 잠시 쉬러 들어온
이 애잔, 그대의 행장이려니
움켜쥐려 하자 손등에 반짝이는 물기
빛살 속으로 손을 디밀어도 온기가 없다
나는 삯 진 여름 지나온 것일까
놓친 것이 많았다니 그대도 지금은
해 길이만큼 줄였겠구나
어디서 풀벌레 운다, 귀먹고
눈도 먹먹한데 찢어지게 가난한
저 울음 상자는 왜 텅 빈
바람 소리까지 담아두려는 것일까

아직도 이야기는 시작되지 않았다

이야기를 펼쳐놓으려면 여름 내내 끓어올랐던
신열부터 다스려야 할 테지
올여름은 너무 더워 애초부터 지리멸렬
얼마나 많은 이야기가 소금으로 절여졌는지
입술에 올리면 소태가 되고 삼키면
목구멍 안쪽이 사태 지도록
이야기는 제가 감고 오른 대목을 버리고
무성하게 벋어 올랐지, 덤불로 뒤덮인
혓바닥 얼른 거둬들여야지
성미 급한 당신이 자꾸 재촉하면
덮어버려도 그만인 깊이로 가라앉는 저녁
의뭉한 생각과 마주 앉아서
어깨 툭 치고 지나가는 밤새 울음에 대하여
어둠이 무릎 꿇리는 살의에 대하여
불꽃으로 건너와도 이야기는 늘 아뜩하지
와 닿는 자리가 문제겠지, 살아온 세월 속의
날뛰는 망나니들 꿇어앉힐 재간이 없어
아직도 이야기는 한 마디도 시작되지 않았다

저녁의 트럼펫

철벽을 찢고서라도 건너려던 소리의 심연
방공호 속에 널브러진
청년의 열애 믿을 수가 없었다
저녁은 때로 먼저 와 머무는
눅눅한 음계를 밟고 저무는 중이다
소리는 그만그만한 높이의 지붕들을 덮었고
키 낮은 처마 밑으로 내려선다
트럼펫이 파고들기에
알맞은 틈새다, 비린 죽음을 디디고 선
산 자들이 춤군, 떨치고 나설 기세로
어제의 악상이 어깨를 툭 친다
나발이 어느새 사방을 깔아뭉갰어!
이루려 하지 말고
보태려 하지 않고
그냥 이대로 앉았다 일어서리
이 음색은 꽉 막힌 관신(瞽身) 이상으로 캄캄하다

IV

메마른 고집

그늘 마당에서 푸드덕
새가 날아올라 배롱나무 가지로 스쳤는데
안경을 고쳐 쓰고 다시 보니 그 가지엔 새가 없다
서리 찬 날갯짓만 시퍼렇게
허공에 걸려 있을 뿐

작은 새는 더 먼 곳으로 날아갔을까?

저 배롱나무에겐 깃드는 새가 없다
시든 잎새 몇 낱을 한사코 잡아두려는
메마른 고집

늦가을의 삭정이만 앙상할 뿐

악착

쉬고 있는 공장 굴뚝 위로
웬 연기일까, 다시 보니
햇살과 구름 그늘 헤집는 긴 항렬
철새 떼 지어 날고 있다
어디선가 추위 몰려오는가, 탁발로
고단한 길들이
악착같이 구불거리며
이어졌다 끊어진다, 가난은
함께 끊고 함께 잇는 것
울음소리가 틔워놓는 동절의 하늘로
철새 떼 간다, 한 입
이 빠진 식탁에 둘러앉으려

오늘 밤 예보도 폭우로 이어진다

몇 주째 한자리에 머무는 구름이라면
표정부터 짓궂은 것을
유난히 귀가 얇은 올해의 장마에 관해
비는 쓴다, 창밖 기왓장 위에
질척거리는 열꽃 혹은 우수수 돋는 소름
풍화를 견뎌내는 진흙 얼굴에 대해서

비는, 쌓을수록 잔고가 비어가는 통장
어둠이라도 다 털려야 훤해오는 여명처럼
어느새 도달해버리는 바닥, 위에 쓴다
달아날 결심을 하고 일어서는 순간
꺾여버리는 척추를 저도 가졌다는 것일까?

하루 종일 우기의 속삭임이 뭉개지고 있다
천지간에 걸쳐놓은 저
폭포가 장마의 민얼굴이라니!
텅 빈 저금통이라면 새삼 쏟아 보일 까닭이 없지
오늘 밤 예보도 폭우로 이어진다

가을 근시

낭비가 없는 가을 햇살이다
손바닥으로 비벼대는 들판의 이삭들
멍텅구리 배에 옮겨 싣고
하늘 복판까지 흘러가고 싶다
채울 길 없는 허기가 저희끼리
푸른 철벽 가운데로 끌고 나온 낮달
은산을 넘는데 어느새 절량(絶糧)이어서
먹거리로나 앞장세운 삽사릴까?
어미 구름 저만치서
걸음마 따라가며 시큰둥이다
살청(殺靑)의 세월 거기도 있다는 게지
내 눈은 등 뒤에서도 돋아나고
구름은 수십 번 더 맹목으로 찢긴다
그러면 세상의 근시들은 보게 될까?
제 안의 어떤 허공이
하늘 밖으로도 펼쳐 보이는 푸름을

이앙

무엇을 끌어안았다 풀어 보내는 것일까?
석양이라면 관악 한 폭도 숨차서
산비탈 아파트 옥상쯤에서나 잠깐 쉬는
자투리 햇살들, 육교 위로
지팡이 짚은 노파가 저녁을 건너고 있다
어둠은 만 리 밖 또 만 리 밖에서
만 리로 흘러가는 듯
길목마다 더디고 고달픈 어스름들
좀처럼 펄럭이지 않아 후미등 빼곡할 때
밤하늘로 하나둘 성긴 별들도 켠다
큰 별을 낳아달라는 소망은
더 오래 캄캄해지는 세상을 기다리겠다는 것
그게 다 무슨 소용이냐고 너는 말하겠지만
내가 잃어버린 건 맛이 아니라 혀
명치와 심장 사이로 휘발하는 짙은 허기니
어서어서 밤 지나고 간절한 새벽을
이앙(移秧)하는 어둠의 노래라면
어떤 손이 별을 심는가, 아침이 오면 희미해질
캄캄한 하늘 속에 초롱초롱한 별을!

그 틈새로

노새를 끌고 온 하루살이 떼
부력을 탕진한 날개
석양 발치에 쏟아져 내릴 때

틈새로 스미지 못한 혀와 귀
그날치의 모래 무덤으로 허물어져 내릴 때

그 하루는
먼저 와 서성이는 어둠들을 그러모으는 것일까?

아버지 (그건) 저하고 안 맞아요!
그래, 그럴 거야, 모든 운명이란
타고난 불화를 견뎌내는 거란다, 수많은
아침이 펴고 그만 한 저녁이 거두어도
청산이 없는 악몽들처럼

왜 턱없이 침침해진 시야나 펼쳐놓고
통풍도 안 되는 틈새로 녹슨 더듬이나 들이미는지

앙상한 겉기 환청처럼 찔러오는 한로
시퍼렇게 질린 이슬들이 잎잎 위에 흩뿌려져 있다

번개 지나고 우레

말소리가 헝클려 흘려놓고 되짚곤 하는 나에게
너는, 보청기라도 써보지 그러냐고 성가셔하지만
이런 소외 나는 어느새 담담해졌다
소리가 숨죽인 집 안에서 혼자 중얼거리다
이 수행마저 피정에 들 때 올 거라 생각하면

무섭다, 내 안의 공명 부쩍 자라버린 것이
갑자기 머리 전체로 왕왕거리는 난국이
서른몇 살에는 농아에 들까 봐 수화부터 익혀둘까
생각했다
이제 들을 만큼 들었으니
어렵사리 되질할 수고 접었는데도 말들의 저 농밀

한평생 상대를 왼쪽에 세우려고 애썼다
들리는 한쪽마저 이명이 짙어
나는 좌파도 아닌 적당파, 듣고서 얼버무려도
이웃들 짐짓 지나쳐줬을까
먹통인 오른쪽에 닿아 먹먹하던 탄식들

불러도 응답이 없어 낭패하는 건 내가 아니라 그?

표정조차 일그러뜨리는 상대를 읽었을 때의 열패
감을
내가 더 못 견뎌한다는 것 그대는 알까!
귀 막지 않아도 누구에게나 고요는 온다
내게 보청기 권하던 살뜰한 친구도 떠나갔다
이 보행은 금 간 항아리나 등에 지고
번개 지나야 우는 우레 출렁거리며 따라가는 일

이 무뢰한!

채집망을 휘두르며 산 세월 어느새 빠져나갔는데
마흔 해도 더 지난 저녁이 한때처럼
미늘에 목매지는 순간이 있다
그와 헤매던 어스름 속일까, 이 벌판은
침묵뿐인데 아뜩한 절규가 똬리 틀고 앉았다

서로가 잠재운 사이에 꿈이 지나갔나?
지워지기만을 고대하면서 너는 어디 있었느냐?
모른다고 했더니, 내가 낳은 딸이라고 했다
아들도 문밖에서 기다린다고 했다

우리가 싱싱할 땐 한창 물오른 나무
천 근 수액을 까마득하게 퍼 올리기도 했거니
이 갈잎에는 무게가 실리지 않아서
조락 속으로 삭은 징검돌들 얹어본다

어떤 세월도 마음은 지고 가는 빚인데
떠돌기만 했으니 너는

소름 돋은 구름의 일생을 산 거니?
부르지도 않았는데 바람은 겨울비 거느리고 와서
몇 년째 쌓아놓은 텅 빈 기도를 훔쳐간다, 이 무
뢰한!

자갈밭 끄는 용골처럼

우리가 계곡물에 발 담그고 놀 때
무좀 자리에 입술 쫑쫑대던 송사리 떼여
발이 간지러워 타는 취기도 잊었거니
맨살에 비비던 촉수 너무 아작거려
목석이라도 무등 태우고 싶던 황금 촉감
누구는 질기디질긴 게 무좀이라고
강포한 물살 머리에나 몰아세우던 것을
천의(天衣)를 입은 물고기 의사들에게 내주고 온
너럭바위 한 채 조금도 아깝지 않았다
이 귀로는 발걸음도 나빌대며 왁자한
시장통으로 빠져나올 때
물방울 사슬 잔뜩 매단 물고기들의 작은 수조
계류를 떠났더니 기포에 가둔 숨이라니!
들어찬 부레 속 공기라도
뱉어내 파다해지는 비린내, 내 몸의 무좀처럼
진정이 안 되는 가려움
용골 긁히는 자갈밭 끌고 간다

지족

죽방에 갇히면서도 은근슬쩍 수작 건네는
지족 햇살들, 하오의 허리춤 잡고
비벼대는 물비늘의 육감이며 음탕한 촉수까지
저릿한 욕정 자아올리는 그 바다에
못 가본 지 오래되었다, 거기서 나고 자란
나문재는 여전히 뿌리로나 건들거리는 거지
묻힌 것들을 파헤치는 발굴은
언제나 남쪽에서 벌어진다지만
다 파내고 나서도 여전한 유구의 편애에
발바닥은 곪고 곪았다, 그러니
하루 종일 놀다 가려는 햇살의 등 밀어내며
방축에서 물미로 지우는 해안선에는
어둑하게 해송들 늘어서 있어야 한다
부러진 칼자루 감춘 채
앵강으로 벋는 마음은 뱃고동보다 짙은 해무
장대 끝에 물고기 대신 까마귀를 매달아
우짖게 하는 길 따라가본 사람은 안다, 닿지 않을 듯
어느새 지나쳐버리는 지족 이정(里程)을

어두워지다

다짐하는 일도 흐려버리는 일도 누구에겐가
지독한 빚이어서 극광까지
밀려가버렸다고 깨닫는 지금
구름다리도 걷혀버린 강 이쪽에서
건너편 저무는 버드나무 숲 바라본다
얽혀 자욱하던 눈발도
그 속으로 불려 나가던 길들도 그쳤는데
어스름 저녁 답은 무슨 일로 한참을 서성거리며
망명지에선 듯 서쪽 하늘 지켜보게 하는가
사랑이여, 다 잃고 난 뒤에야
무릎 꺾어 꿇어앉히는 마음의 이 청승
쟁쟁한 바람이 쉿된 억새머리 갈아엎으면
내가 쏜 화살에 맞아
절룩이며 산등성이를 넘어간 그 짐승
밤새도록 흘렀을 피 같은 어둠 몰려온다

상처가 없으면 그리움도 없으리

철썩이며 부서지는 파도의 실패들
감았다 풀었다 되감는
이것을 놀이라 할까?
태곳적부터 펼쳐놓은 실마리니
파도는 써버릴 무료 무진장 남아 있다
넘볼 수 없는 해발의 아득한 넓이
푸르둥둥한 걸신들이 저녁을 끌고 온다
가장 낮은 현을 건드리는 고요
내가 못 견디는 쓰라림
나 혼자 맛보려니, 사람아
상처가 없으면 그리움도 없으리!
어림잡아 그대는 일만 리 밖에 서고
나는 한 육십 리쯤에 그대를 당겨놓고
차감하니 수평 너머에 뜨는 불빛
까마득하여 분간이 안 되는 그 불빛으로
꽝꽝 언 마음 녹이느니
이 어로(漁撈) 얼어붙은 겨울 밤바다가 일찍 잠근다
결심은 거추장스럽고 너무 많은 어둠 밀려와
파도는 파도 소리밖에 업을 줄 모른다

秋甲 秋麻谷

1

오전 내내 안개 길 달려오느라
등거리에 드는 높낮이 모두 지워지고 나니
한생이 겹겹 돌출하는 에피소드 같다
가끔씩 불거지는 누더기 미혹 나도 누렸던가
허물어진 뼈대 영영 세우지 말았으면!
굴참나무 잎 떨구고 선 야산 마루턱 넘어설 때까지
갑사가 안 보인다, 어느 순간에
게송을 트는 확성기 소리 골짜길 뒤흔든다

2

개사(開寺) 이래 처음 올리는 대제(大祭)지요
몇십 척 짐대에 내다 건 괘불이
형산 마루턱까지 가려놓았다
일생을 족히 버렸을 어느 스님의 붓질 속에 깃든

부처님의 화안 백 년 만에 주름 펴는 듯
세월을 견딘 광배가 환하다
가사에 매달린 사천왕들 그새 할 일이 많았던지
살갗 털리고도 온통 땀투성이
안경 낀 노승의 무심에 든 법고질, 저 무아경!

3

한 끼니도 건너뛰지 못하는 위장 안에 한 점 찍으
려고
동면 들기 전의 뱀들처럼 서두른 하산 길
몸 공양으로 바친 단고기와 술기운으로
단풍 가을 마침내 확연해진다, 한 잎 따 들자
참단풍이 제격이지요, 식당 주인이 다가와 말을 건
넨다
참단풍이거나 공작단풍이거나 수입종 캐나다단풍
초록인 채 잎 지우는 대추나무의 가을일지라도

다 털리면 회초리만 남는 것
겨우내 매 맞고 갈 앙상한 길목 드러나지

(나는 아직 가을 조금 매달고/아주 떨구지는 말고)

　　4

다시 마곡사 찾아 나서는 길
누군가 몸이 삭이지 못한 육공양 차 안에서 토한다
개울 옆에 차를 세워 삼십 분이나 닦아내는
김 형 걸레질을 돕다가
낮술 다 걷힌 늦가을 들판 바라본다
마지막까지 거둘 수 없는 건 가야 할 낯선 길뿐
저물더라도 당도해야 하는 곳 마곡이라는 듯
닦아내지 못한 술 냄새는 그대로 싣고
숨 쉴 만큼 차창은 열어둔 채
절이 숨어버린 골짜기 한참을 더 헤맨다

항아리

태아의 주검을 담았던 마야의 항아리를
멕시코시티 박물관에서 본 적이 있다
선반의 전면에 놓여 있는
희부옇게 유약된 좁고 둥근 공간은 텅 비어서
제 깊이만큼 꽉 찬 허공을 담고 있었다
잠깐 스쳐 가도 살의 흔적은 기억되는지
붉은 힘줄의 빗살무늬가 천둥 번개의 문양으로
표면을 감싸고 있었다
둘러보는 김에 칸쿤 바닷가에 들렀더니
한 늙은 여자가 항아리를 곁에 놓고
바닷물을 긷고 있었다
우주의 우물에 가둬지며
파도가 아기 울음소리로 흐느껴 울었다
모든 태초는 아기들의 울음
떠나면서 되돌아보니
여자는 쉼 없이 항아리에
아기 울음소리를 퍼 담고 있었다
항아리 속을 바다로 그득 채우려는 듯

황금 수레

세상 끝까지 떠돌고 싶은 날들이 있었다
마침내 침상조차 등에 겨웠을 때
못 가본 길들이 남은 한이 되었다
넘고 넘겨온 고비들이 열사(熱砂)였으므로
젊은 날의 소망이란 끝끝내 무거운
모래주머닐 매단 풍선이었을까?
오랫동안 부풀려온 바람이라면
허공에도 질긴 뿌리가 벋는다는 것
가본 세상이거나 못 가본 어느 입구에서
머뭇거리며 내다버린 그리움들 쌓여갔지만
가지를 벗어난 적이 없는 저 나뭇잎들
세계의 저쪽에서 불어 오는 바람결에 손짓한다는
것을
그는, 수척한 침상 너머로 비로소 바라본다
창밖에는 다음 세상으로 굴러가려고
황금 수레들이 오래오래 환한 여장을 꾸리고 있다

무한의 사랑

권 혁 웅

이 문장은 영원히 완성이 없는 인격이다
〔……〕
수평도 서역도 서둘러 경계 지웠으니 저 무한대
어스름에는 짐짓 글자가 심어지지 않는다
—「문장들」 부분

1

영원은 무섭지만 무한은 다정하다. 영원은 형벌의 일종이거나 병리학의 소관이다. 영원이 지배하는 곳에서는 권태가 주인 노릇을 할 것이다. 영원한 삶이란 불모를 선고받은 삶에 지나지 않는다. 천국이든 지옥이든 벗어날 수 없는 곳이란 감옥과 다르지 않다. 영생은 무기징역이다.

사랑에 영원이 들어오면 지배욕과 소유욕의 다른 표현이 된다. 당신을 영원히 사랑하겠노라는 선언은 사랑의 대상에게 다른 사랑이 틈입하는 것을 허용하지 않겠다는 선언이며, 자신의 사랑을 지키기 위해서 무슨 짓이든 하겠다는 선언이다. 영원한 사랑이란 스토커의 사랑이다.

무한은 다르다. 그것은 형벌이 아니라 감격의 표현이며 배제가 아니라 용납의 결과다. 무한에는 기준점이 있다. 무한의 지평이 감탄하는 바로 그 사람 앞에 펼쳐져 있기 때문이다. 영원한 사랑이 권력관계를 표시하는 언표라면(그것은 사랑을 준다고 말하는 자, 지배하는 자의 선언이다), 무한한 사랑은 증여 관계를 표시하는 언표다(그것은 아무 조건 없이 사랑하는 자의 고백이다). 사랑에 무한이 들어오면 대상을 향해 열린 사랑이 된다. 당신의 모든 면을 모든 방식으로 사랑하겠노라는 고백은 나를 향해 있지 않은 당신까지도 사랑하겠노라는 고백, 다시 말해서 사랑의 대상에게 자유를 주겠노라는 고백이기 때문이다. 무한한 사랑은 은총, 즉 아무 대가 없이 증여하는 사랑이라는 점에서 신의 사랑에 가깝다.

40년에 걸친 김명인의 시력을 이 '무한에의 열림'이라는 테마로 요약해도 좋을 것이다. 그는 이 테마를 포기한 적이 없으며, '영원에의 응고'로 경사된 적도 없다. 그의 문장은 "영원히" 고정되지 않을 것이다. 문장의 완성이란 문장의 죽음이므로. 또한 그의 문장은 저 "무한대" 주변을 서성일 것이다. 경계 지워진 저곳이 문장의 생성지이므로.

　　나는 예사로운 일에조차 앞날 흐려 어두운데
　　뻑뻑한 눈 비비고 또 볼수록, 로이
　　적실 것 더 없는 세상 너는 부질없어도 비 되어 내리는지
　　우리가 함께 맨살인데 몸 섞지 않고서야 그 무슨
　　우연으로 널 다시 만날 수 있겠느냐
　　로이, 만난대서 널 껴안을 수 있겠느냐
　　　　　　　　　　　　　　　　—「베트남 I」부분(1-22)[1]

　　파도는 몇 겹쯤 건반에 얹히더라도
　　지치거나 병들거나 늙는 법이 없어서
　　소리로 파이는 시간의 헛된 주름만 수시로
　　저의 生滅을 거듭할 뿐.
　　접혔다 펼쳐지는 한순간이라면 이미
　　한생애의 내력일 것이니,
　　추억과 고집 중 어느 것으로
　　저 영원을 다 켜댈 수 있겠느냐.

---

1) 김명인은 그동안 아홉 권의 시집을 냈다. 이 시집이 열 권째다. 1.『東豆
川』(1979), 2.『머나먼 곳 스와니』(1988), 3.『물 건너는 사람』(1992),
4.『푸른 강아지와 놀다』(1994), 5.『바닷가의 장례』(1997), 6.『길의 침
묵』(1999), 7.『바다의 아코디언』(2002), 8.『파문』(2005), 9.『꽃차례』
(2009). 1-22는 첫번째 시집 『東豆川』의 p. 22를 뜻한다.

〔……〕
지워진 자취가 비로소 아득해지는

어스름 속으로

누군가 끝없이 아코디언을 펼치고 있다.
—「바다의 아코디언」 부분(7-14~15)

　김현의 지적대로 김명인의 시적 출발지인 "동두천"과 그것의 연장인 "베트남"에는 "더러운 그리움"(「東豆川 I」, 1-33)이 있었다. 로이는 생계 때문에 전남편의 근무지인 학교에서 "다리를 벌려야 했던 여자", 이국의 먼 나라에까지 "따라와 벌거벗던 내 누이"였다. 베트남 역시 동두천의 일부였다는 아픈 고백이다. 모든 그리움의 배태지(胚胎地)가 오염된 세속이라는 것, 바로 그 장삼이사의 터전이 아니고서는 그리움이 생겨나지 않는다는 것을 시인은 처음부터 의식하고 있었다. 우리는 헐벗었으며, 그래서 그 맨살에 "몸 섞"음으로서만 겨우 사랑은 유지될 수 있다. 세속의 사랑은 "우연"을 받아들이는 삶이어서 "영원"의 반대편에 있다. 우연이란 모든 사소함, 틈입, 돌발성, 가정법을 받아들이는 일이다. 운명은 그런 맞닥뜨림을 통해서만 나를 찾아온다.
　20여 년 후 찾아간 채석강에서 시인은 끝없이 펼쳐진 "아코디언"을 본다. 시간의 퇴적이 만들어낸 자연의 악기다. 나는 "추억과 고집 중 어느 것"으로도 저 악기가 쏟아

내는 끊임없는 "파도 소리"를, "저 영원을 다 켜댈 수" 없
으리라는 것을 안다. 추억은 지나간 것, 돌이킬 수 없는
것이어서 '응고된 영원'이며, 고집은 그렇게 한사코 돌이
키려는 마음의 역행이다. 아코디언이 그렇게 과거의 노래
만 부르는 것은 아니다. 오히려 노래란 "지워진 자취가 비
로소 아득해지는" 순간에 있는 것이다. 소멸이 무한의 지
평에 열릴 때, 지워짐이 아득해지거나 끝이 없을 때, 모든
소멸은 현재형으로 전환된다. 이 시의 결구를 이루는 현재
형 또한 무한의 형식이다. "~고 있다"로 끝나는 시행은
종국이나 파국이 아니라 현재의 지속을 뜻하기 때문이다.
그것은 무의미한 영원과는 아주 다른 것, 이를테면 소멸
("지워진 자취")의 지속이다.

2

　김명인의 탁월한 서법은 우리 시가 찾아낸 내면 기술법
의 정점에 해당한다. 김명인의 시에 이르러서야 우리 시는
비로소 그 술어적 가능성을 최대한으로 펼칠 수 있었으며,
내면의 지도를 탐색할 수 있는 정교한 탐침을 얻었다. 그
는 시간과 실존이 만나는 첨예한 지점에서 영원이 아니라
무한으로 열리는 한 가능성을 발견했다. 그가 투신했던 시
간은 비교 지표가 없는 영원의 시간, 곧 악무한의 시간이

아니다. 한 개인의 실존을 억누르고 얻어낸 시간에는 어떤 의미도 없다. 실존이 개입한 시간, 한 개인이 온몸으로 관통하면서 그 몸에 기록한 시간이야말로 의미 있는 시간이다. 그때야 비로소 공동체의 역사와 개인의 내면이 만나고 신화의 화소와 인간의 사건이 만난다. "늙도록 개화를 못 하는/무화과, 벌 나비도 없이 제 스스로 씨방을 닫아거는"(「무화과」, 4-27) 그 나무가 노모의 초상이 되고, 어두운 하늘과 땅이 "한밤의 모래톱에 마주 앉"은 "두 사내"(「천지간」, 9-9)로 변신하는 일. 전변(轉變)은 실존의 한 극점이며, 그것도 무한이 밀어올린 존재의 최대치다. 시인의 서법이 구현해낸 여러 차원의 무한을 살펴보자(앞에서 '현재형'이 무한의 형식 가운데 하나임을 이미 말했다).

하나, 지시관형사들.

　　예전의 우물은 마을의 중심이어서
　　동네마다 공론이 샘솟는 우물 하나쯤은 갖춰놓았다
　　〔……〕

　　이제 누구도 그 전설에서 물 긷지 않아
　　허공 혼자 펼쳤다 거두는 저만의 얼룩

　　이야길 길어 올리려 두레박 내린 것 아닌데

이 우물, 너무 메말라서 수면조차 없네
들여다보면 캄캄하게 웅웅거려 더욱 골똘해진 그리움
별똥별 떨어져 표시하는 예전의 우물 자리에 서서
물 긷던 사람들의 아득한 별자리 헤아려본다

사라진 동네에 우물이 하나, 지금은
흔적조차 지워져버린
저 오랜 가난 깨우지 마라
사무친 전설들 뼛속 깊이 저며 올 때까지

—「우물 밖 동네」 부분

　'이, 저, 그'는 무한의 거리 측정기다. 이 지시어들은
무한의 지평 위에 선 사람에게 좌표를 부여함으로써 무한
을 한 실존의 터전으로 바꾸어놓는다. 우물이 한 "마을의
중심"이듯 지시어들은 시의 주체에게 시공간의 자리를 할
당해준다. 여기, 저기, 거기는 일종의 손가락표인데 그로
써 그 손가락의 주인이 있을 자리를 지시해주는 것이다.
그런데 보라, 우물은 영원하지 않다. 우물은 메워졌고 우
물 있던 자리마저("흔적조차") 지워져버렸다. 그럼에도
불구하고 우물은 우리 내면이 그러하듯 어떤 중심이 되어
준다. "그 전설"에서 "저 오랜 가난"으로, 다시 "이 우물"
로 옮겨오는 우물의 위상학은 한 마을의 역사가 한 주체의
내면으로 옮겨오는 어떤 전환사shifter의 역사다. 우물과

별, 전설과 흔적과 가난의 아름다운 교차가 이 전환사로 인해 가능해진다. "마을, 우물, 물, 얼룩, 이야길, 길어, 올리려, 메말라, 들여다, 골똘, 별똥별, 떨어져, 우물, 물, 사람들, 올 때"를 떠받치는 'ㄹ'과 "흔적, 사라진, 사무친, 가난"을 지탱하는 'ㄴ'을 "전설"(여기에는 'ㄴ'과 'ㄹ'이 다 들었다)이 매개하는 것이다.

김명인의 시에서는 실로 무수한 손가락표가 등장하는데, 그때마다 시의 공간은 특정한 실존의 공간으로 탈바꿈한다. "그리운 이여, 네게 가 닿으려고/지금 고삐 없는 몸새털처럼 날린다 한들 빈 마음의/무쇠, 이 진창 건널 수 없고"(「물 속의 빈 집 I」, 3-71) 이것은 사랑의 아픈 거리를 확인하는 마음의 저점(底點)이고, "저기 파란만장을 헤쳐가는 종이배 한 척,/물 가운데로 다시 한번 소용돌이치는 너의 문장들, 〔……〕 잠시도 머뭇거리지 않는 저 물살들!"(「종이배」, 6-15) 이것은 물 위의 거품이 만들어낸 고백이자 그 고백을 기록한 종이로 만든 엽서—배이며, "서슬 푸른 비늘 한 장 꽂아두려고/저 물고기 천애 위로 솟구쳐 오르는 것일까"(「심해물고기」, 8-83) 이것은 일출의 순간에 대한 놀랍도록 선명한 스냅사진이다. 지시어들은 부유하는 세월 가운데 내면을 정박시켜주는 닻과도 같다. 바다가 있어 배가 있는 것이 아니다. 배를 정박시킬 닻이 있어 그 앞에 항해할 무한의 바다가 펼쳐지는 것이다.

둘. 부정어들.

파도가 모래톱을 반쯤 입혔다 벗겨놓는다
〔……〕
가장 왕성한 탐식으로
몽돌들은 제 살을 긁는 허기와 마주친다
아무래도 이 공복 채울 길 없다
——「아귀」 부분

아무리 뜯어도 이 탄금 펼쳐지지 않아서
제 곡조 얻지 못하는 현들의 저녁
——「有餘無餘」 부분

소리를 다 덜어내고
납작납작 눌러놓은 풍경들 아뜩하다
저 침묵을 들추고 안으로 들어설 수가 없다
——「침묵을 들추다」 부분

부정은 무한을 도입한다. 논리학에 의하면 'A가 아니다'라는 명제는 '～A이다'라는 명제로 바꾸어 쓸 수 있으며, 그로써 A라는 구멍 바깥의 모든 실체를 초대한다. 무한판단은 처음부터 부정을 통해서 개방되는 것이다. 김명인의 부정어법은 단순한 '아님, 못함, 없음'이 아니라 이 무한에의 개방을 의미한다. 「아귀」에서의 저 "채울 길 없"는 "공복"은 파도와 몽돌의 계속된 몸 비빔, 살 섞음을 대신하는 것이며, 「有餘無餘」에서의 저 이중부정은 수면과 바람의 "탄금"이 제 "곡조"를 얻을 때까지 멈추지 않을 것이라는 전언이며, 「침묵을 들추다」에서의 저 "들추고 들어설 수" 없다는 단언은 제목이 말해주듯이 단언만으로도 이미 침묵을 들추었다. 요컨대 부정은 무한의 역량을 바로 그 무능의 형식('할 수 없다')을 통해 발휘한다('하고 있다').

셋. 가정법.

> 그리하여 가지 휘는 바람 소리
> 감고 푸는 귀가 있다 하자, 한 귀는
> 아우성 속으로 퍼뜨리고 또 한 귀는
> 침묵 속으로 닫아거는 걸
> 나는, 어떤 전말에도 비켜서느라 그 풍파에
> 얹히고 싶지 않았다
>   ―「캄캄한 독서」 부분

> 내 사랑, 그때 그대도 한 줌 재로 사함받고
> 나지막한 연기 높이로만 흩어지는 것이라면
> 이제, 사라짐의 모든 형용으로 헛된
> 불멸 가르리라

그대가 나였던가, 바닷가에서는

비로소 노을이 밝혀드는 황홀한 축제 한창이다

　　　　　　　—「다시 바닷가의 장례」 부분(6-61)

　가정법은 가현(假現)의 형식으로 세상에 무한을 도입한
다. 이를테면 가현설Doketismus은 영지주의 교리의 하나
로 성육화된 예수의 몸이 진짜 육체가 아니라 육체처럼 보
였던 환상이라고 주장한다. 예수는 하느님이었으므로 그
분의 육체는 실재하지 않았다는 거다. 그런데 '거짓으로
드러남'이란 가정(假定)은 그 자체로서 이 세상 너머에 참
실체가 있다는 또 다른 가정을 수락하는 것이 아닌가? 다
시 말해서 저 드러남이 환상이라면 저 환상을 가능하게 한
실체가 가정의 바깥에 있다는 얘기가 아닌가? 가지를 휘
는 바람에 내준 귀가 있다고 하자. 이 귀는 바람의 "아우
성" 소리뿐만 아니라 그 아우성 너머의 "침묵"까지 듣는다.
처음부터 아우성을 듣는 귀가 가정법으로 출현했기 때문이
다. "바닷가"에서 펼쳐지는 "다비식"이 있다고 하자. 이
장례는 물론 바다에서의 일몰을 번안한 것인데, 이 가정법
덕택에 나는 그대의 마지막 순간을 '미리' 회상할 수 있었
다. 그대가 "한 줌 재로" 사라지는 그때가 도래한다면, 나
는 그 "사라짐의 모든 형용으로 헛된/불멸"을 베어버리겠
다! 불멸이나 "끝없는 영원"이야말로 허깨비에 지나지 않
는다. 저 노을이 날마다 죽음의 "황홀한 축제"를 열듯, 우

리는 사라짐의 모든 황홀을 받아들일 수 있을 것이다.

넷. 의문문.

창밖으로 보면 오늘의 여행자는 홀로 서서 고즈넉하고
나무 또한 그가 버리고 갈 길에는 무심하지만
펼쳐든 여정이라면 누구라도
접을 수 없다는 것을 알게 될 때 여행이란
하루에도 몇 번씩 어제가 포개놓은 그늘에 서게 하는 걸까?
　　　　　　　　　　　　　　　　—「여행자 나무」 부분

걸음을 못 걸으시는 어머닐 업으려다
허리 꺾일 뻔한 적이 있다
고향집으로 모셔 가다 화장실이 급해서였다
몇 달 만에 요양병원으로 면회 가서
구름처럼 가벼워진 어머닐 안아서 차로 옮기다가
문득 궁금해졌다, 그 살 죄다 어디로 갔을까?
　　　　　　　　　　　　　　　　—「살」 부분

의문문은 뒤를 잘라낸 무한이다. 결과가 아직 적히지
않았으므로 의문문은 모든 가능성을 품고 있으며 그로써
현실성을 가뿐하게 넘어선다. "사막을 거쳐 온 여행자들"
이 쉬었다 가는 나무가 있다. 오랜 영접과 환송의 끝에서

나무는 "여행자들이 내려놓는/들뜬 마음이나 고단한 한숨 소리로/사막 저쪽이 바람편인 듯 익숙해졌다". 나무가 여행자의 마음과 숨결을 받아안는 동안, 창밖의 여행자는 나무처럼 "홀로 서서 고즈녁"해졌다. 나무가 그늘을 펼쳤다 접듯 여행자는 지도를 펼쳤다 접을 것인데, 의문문으로 기록된 이 유비의 지평 역시 무한으로 열려 있는 것이다. 나무와 여행자, 이 둘의 아름다운 자리바꿈은 이심전심의 실례 가운데 하나일 것이다. "구름처럼 가벼워진 어머니"를 안아드리다가 나는 묻는다. "그 살 죄다 어디로 갔을까?" 답은 "구름처럼"이 실어 나르는 유비에 이미 주어져 있다. 아래는 같은 시의 뒷부분이다.

제 살의 고향도 허공이라며
어제 못 보던 구름 내게 누구냐고 자꾸 묻는다
난 아직 날개 못 단 새끼라고
말씀드리면 머지않아 내 살도 새털처럼 가벼워져
푸른 하늘에 섞이는 걸까?
털리는 것이 아니라면 살은 아예 없었던 것
이승에서 꿔 입는 옷 같은 것
더는 분간할 일 없어진 능선 저쪽으로
어둠을 타고 넘어갈 작정인가, 한 구름이
문득 시야에서 사라지고 있다

바람에 이리저리 몸을 바꾸는 구름이 나를 못 알아보고 "누구냐고 묻는다". 어머니는 구름처럼 가벼워졌다가는 이내 구름이 되었다. 나는 어머니처럼 하늘에 정신을 두고 있지 않아요. 내게는 아직 날개가 없어요. 내 답변과 무관하게 내 살도 언젠가는 "푸른 하늘에 섞이는 걸까?" 아직 내가 하늘에 가까워지지 않았으니 저 말은 의문문으로 적힐 수밖에 없었으나, 어머니를 형용하는 의문문에 겸손히 포개놓는 이 의문문은 그 자체로 또 다른 답변을 숨기고 있다. 살은 "이승에서 꿔 입는 옷 같은 것"이에요. 곧 따라갈 테니 어머니, 외로워 말아요. 두 의문문을 실은 또 다른 의문문이("어둠을 타고 넘어갈 작정인가"), 저처럼 "한 구름이/문득 시야에서 사라지고 있다".

다섯. 은유를 통한 전신(轉身).

우리는 앞에서 이미 "퇴적암"과 "아코디언"의 전환(「바다의 아코디언」), "노을"과 "다비식"의 자리바꿈(「다시 바닷가의 장례」), "살"과 "구름"의 변환(「살」), "물고기"와 태양의 전신(「심해물고기」), "두 사내"로 변신한 "천지"(「천지간」) 등을 보았다. 김명인의 시가 생산해내는 무수한 은유들은 무한 공장의 생산물들이다.

제 촉수를 온통 유리 거울로 삼아 거리
이쪽을 되비추는

저 반사의 황홀이 푸른 강아지를 잡아 가두는 걸

어째서 잊었을까

—「푸른 강아지와 놀다」 부분(4-50)

이 아득한 봄날 지나면

세상은 또 바뀌어야 하나, 산정 가까이 한 척 배가

다시 와 닿고 있다

—「방주」 부분(5-32)

밤늦게 커튼을 치면서 보니

지나가던 밤도깨비 하나 유리창 이쪽을

힐끗 쳐다보며 섰다

—「밤도깨비」 부분(6-18)

신이 실어 나르던 몸의 나룻배에서 내려

맨발로 가 닿는 또 다른 세상은

땅조차 밟지 않는 복지일까

—「신발」 부분(8-64)

　유리 거울이 되비춘 하늘이 "푸른 강아지"를 낳고, 활짝
핀 꽃들로 가득한 산 중턱이 다른 세상을 알리는 "방주"가
되었으며, 거실 유리창이 비춘 낯선 중년의 자화상이 "밤
도깨비"이고, 신발은 몸을 실어 나르던 "나룻배"였다. 이

무수한 변신이 보여주는 것은 한 존재자에서 다른 존재자로 몸을 바꾸는 무한의 역량이다. 보르헤스는 발단데르스라는 신화적 인물을 소개한 바 있다. 발단데르스('이미 다른 것'이란 뜻이다)는 돌로 만든 조각상이었는데, "인간, 참나무, 암퇘지, 소시지, 클로버의 초원, 분뇨, 꽃, 잎이 무성한 나뭇가지, 뽕나무, 그리고 비단 융단과 같은 여러 가지 것으로 변신"[2]할 수 있었다. 그는 서기로 변신하여 「요한계시록」의 "나는 처음이요 나중이다"라는 구절을 써주기도 했다. 하지만 그는 한 존재자에서 다른 존재자로 옮겨 갔을 뿐이며, 여러 존재자로 변신하는 무형의 존재가 아니었다. 전자가 무한의 과정이라면 후자는 영원의 표현형이다. 김명인의 은유는 하나에서 다른 하나로, 수평적으로 이동한다. 각각의 문턱에서 김명인 시의 존재자들은 방랑의 운명을 걸머지고 죽음과 맞닥뜨리고 상처를 제 몸에 기록한다. 그들은 무엇이든 될 수 있고 무엇에서든 벗어날 수 있는 무인칭이 아니다. 영원은 삶을 지우지만, 무한은 존재로 하여금 삶을 몸소 겪게 만든다.

---

2) 보르헤스, 『상상동물 이야기』, 남진희 옮김, 까치글방, 1994, p. 46.

이번에는 김명인의 시가 표현하는 무한의 양태를 살펴보자. 미리 말해둘 것은 저 무한의 양태가 바로 삶의 표현형이라는 것이다. 불모의 불사가 유지되는 것이 죽은 영원이라면 생로병사의 무한한 전변이 지속되는 것이 삶의 무한이기 때문이다. 삶은 어떤 방식으로 무한과 관련을 맺는가? 먼저 아득한 '길'에 대한 시적 사유가 있다. 그것의 표현형은 '방랑'이다. 「秋甲 秋麻谷」의 시작은 이렇다.

오전 내내 안개 길 달려오느라

등거리에 드는 높낮이 모두 지워지고 나니

한생이 겹겹 돌출하는 에피소드 같다

가끔씩 불거지는 저 누더기 미혹 나도 누렸던가

허물어진 뼈대 영영 세우지 말았으면!

길은 "안개 길"이거나 "선뜻 발자국 지워지며 끝없던 모래펄"(「머나먼 곳 스와니·I」, 2-67)이거나 "바위를 뚫는 천공/같"(「화엄에 오르다」, 3-16)거나, "뿌연 황사길"(「봄길」, 6-9)이거나 "허공 중에 멈춰선 리프트"(「리프트」, 9-70) 아래 놓여 있다. 길은 쉽게 제가 다다를 곳을 보여주지 않는다. 길의 목적을 길 끝의 장소에 두는 사유는 종국

(終局)에 대한 사유다. 그것은 모든 길을 목적지에 이르기 위한 기능적이고 무의미한 과정으로 만들어버린다. 길 위에서, 이 길이 다다를 마지막 장소를 잘라내자. 그러면 과정 자체가 목적이 되며 길에서 마주치는 모든 우연성이 삶이 된다. "한생이 겹겹 돌출하는 에피소드 같다". 그러니 방랑이란 길을 수단으로 바꾸지 않고 길을 길 자체로 누리는 삶이다. 이 긴 시는 이렇게 끝난다.

다시 마곡사 찾아 나서는 길
누군가 몸이 삭이지 못한 육공양 차 안에서 토한다
개울 옆에 차를 세워 삼십 분이나 닦아내는
김 형 걸레질을 돕다가
낮술 다 걷힌 늦가을 들판 바라본다
마지막까지 거둘 수 없는 건 가야 할 낯선 길뿐,
저물더라도 당도해야 하는 곳 마곡이라는 듯
닦아내지 못한 술 냄새는 그대로 싣고
숨 쉴 만큼 차창은 열어둔 채
절이 숨어버린 골짜기 한참을 더 헤맨다

마곡사 찾아 나선 길이지만 정작 마곡사에는 이르지도 못하고 시가 끝났다. 끝내 우리는 "가야 할 낯선 길" 위에 있으리라. 우리는 "저물더라도 당도해야 하는 곳"이 있다고 다짐했지만 사실은 그 다짐마저 "마곡이라는 듯"이라는 겸손한 표현 뒤에서 확신을 잃고 머뭇거린다. 보라, 모든 것은 "길" 위에 있다. "개울, 걸레질, 술, 가을, 들판, 거둘, 가야 할, 노을, 햇살, 갈피, 저물~, 술, 쉴, 열어~, 절, 골짜기"를 가득 채우며 이동하는 저 유음들('ㄹ')은 이미 길 위의 리드미컬한 삶을 구현하고 있지 않은가? 길은 삶이라는 무한의 한 형식이다. 길은 목적지에 이르기 위한 수단이 아니다. 죽음에 이르기 위한 과정이 삶이 아닌 것과 같은 이치다. 김명인의 시가 그토록 자주 아득함과 헤맴을 이야기하는 것은 이 때문이다. 아득함은 길 위에 선 자의 영탄이며(무한의 지평이 이토록 넓다니!), 헤맴이란 무한으로 난 여정이기 때문이다.

길에 대한 사유는 '울음'에 대한 사유와 접속된다. "누구나 제 안에서 들끓는 길의 침묵을/울면서 들어야 할 때도 있는 것이다"(「침묵」, 6-11) 골목길 하나가 "어스름 속으로" 가뭇없이 사라졌다. 이 어스름이 아득함의 다른 표현임은 불문가지다. 길은 지워지고 끝내 침묵하였는데 나는 무엇을 듣는가? 제 안에서 흘러나오는 바람, 곧 울음을 듣는다.

이런 밤은 너무 많은 일가들이 우루루 몰려나와
서로의 어둠에 부어지거나 서로에게 넘치거나
아주 잠깐 쓰이려고
야윈 살별로도 일생을 거두고 가면

오만 가지 생각들 다 물속에 가라앉고
밤새 울음만 저수지의 파문으로 얼룩지는 때

―「밤의 저수지」 부분

울음은 울림이기도 하다. 누구나 제 내면으로 돌아와 깊은 생각에 잠기는 때가 있다. 그런데 생각이 아무리 들끓고 깊다고 해도 그 그윽한 본질은 울음을 통해서만 표현된다. 수면 위의 파문만이 거기에 저수지가 있음을 증명하듯. 따라서 '울음' 혹은 '파문'이란 저 생각의 유현(幽玄)함을 드러내는 표현형이다. 생각이 사유의 본질이고 울음이나 파문이 그것의 현상이라고 생각해서는 안 된다. 현상만이 본질을 표현하기 때문이다. 우리는 바다를 보는 것이 아니라 파도를 보고, 바람을 보는 것이 아니라 흔들리는 나뭇잎을 본다. 울음 혹은 파문이라는 저 현상을 통해서만 그대가 출현한다.

파도 뒤에 파도, 그대는 불고 나는 날리니
뿌리쳐야 솟구치는 눈물 한 방울
파도는, 지고 온 재의 가슴 허공에 부려놓고
수평 한 축 되어 비로소 산발한다

―「겨울 망양」 부분

파도 뒤에 파도가 치니 그 너머에 그것들의 원인인 "그대"가 있음을 알겠다. 저 파도 혹은 "눈물"이라는 현상이 아니라면 그대를 짐작할 수 있는 어떤 방법도 없다. '울음'은 이처럼 세계에 미만한 현상을, 그 현상의 동요를 기술하는 무한의 양태다.

울음이 만들어낸 파문은 주름이기도 하며, 그로써 '늙음'에 대한 사유가 출현한다.

잠자리에서 일으키는 몸이 예전 같지가 않다
오랜만의 숙취에 근육들 놀아났다 해도
제자리 찾아가는 뼈마디들 너무 게으르다
미로와 사귀느라 기억들도 멈칫거리는지

후줄근한 상심을 안다면 이런 아침에는
몇 겹씩 접어주고 호명하리라
그렇더라도 속주름만큼은 아무에게도 들키지 말자
얼른 안 트이는 시야 예삿일로 떠넘기고
나는 지척만 품으면 되는 것
원근을 놓아버리니 운신 한결 가벼워졌다고
얼마간 헛헛한 수긍도 있는 것이다
때로 심각하게 마주쳐도 밋밋하게 돌아서면서

손아귀에 힘이 있다는 것은
힘줄이 뼈마디를 제대로 움켜쥔다는 것

그 악력으로 상대를 가늠하는
네 손이라 다소 저리겠지만, 나라고
제 지체 벌거벗기고 싶겠는가
한순간이면 잦아들 아침의 이슬이라도

여기, 천정부지로 값이 뛰어오르는 풀잎 한 자리 있다
—「악력」 전문

'늙음'은 0〔zero〕으로 수렴해가는 점근선적 무한이다. 끊임없이 무를 향해 가지만 무가 되지는 않는 무한. 언젠가 나는 죽음에 들겠지만(그러나 잠시 후에 보겠지만 '죽음'은 또 다른 무한으로의 열림이다), 그때까지 나는 몸의 사유를 따라갈 것이다. "몸이 예전 같지가 않다". 근육, 뼈마디, 기억 들이 생각의 지배에서 벗어나 지방자치를 주장하고 있다. 생각이 모르는 곳에서 몸은 제 손으로 제 자신을 움켜쥐고 있다. 여기 "악력"이 있다고 하자. "손아귀에 힘이 있다는 것은/힘줄이 뼈마디를 제대로 움켜쥔다는 것"이다. 그렇다면 몸이 몸을 거머쥘 때 "나"는 어디에 있는가? 나는 몸의 현상 너머에 본질로 있는 것이 아니다. 나는 몸의 주인이 아니면서도 저 늙음을 "운신 한결 가벼워졌다고" "수긍"하는 그런 존재다. 몸의 말 듣지 않음을 몸을 부림〔運身〕이라 번역하는 내가 있다.

　제 안에 "속주름" 곧 파문을 겹겹이 쟁여두는 일이 늙음이다. 늙음이란 또한 초로(草露)에도 판돈을 다 투자하는 사태다. 0으로 수렴해가는 시간이란 점점 잘게 쪼개지는 시간이며, 그 낱낱의 순간은 마침내 무한으로 열린다. 나는 "아침의 이슬" 하나에도 전생을 건다. "천정부지로 값이 뛰어오르는 풀잎"이라…… 왜 아니겠는가? 인생은 초로와 같다지만 그건 허무의 표현이 아니다. 순식간이 전생을 감당하는 것, 고요가 소란을 감당하는 것("번개 지나야 우는 우레 출렁거리며 따라가는 일", 「번개 지나고 우레」), 이것은 늙음만이 할 수 있는 일이다. 늙음만이 살의 생생함을 제 안에 기억할 수 있다. "지치고 외로워야 이 축생은 한때의 온기를/기억하나 보다, 세찬 물굽이에 휩쓸렸어도/물살의 살가움 오랫동안 생생"(「살이라는 잔고」)할 테니. 늙음이 이처럼 수많은 생각과 느낌 들을 안으로 수납해 넣으므로 그것의 표현형은 '기억'이다.

> 발갛게 익은 앵두는 앵두로서 한철 겪고 간다
> 그 빛 밝은 그리움 속을 걸어왔으니
> 유월이 다시 펼쳐놓는 이 길목
> 앵두여, 어제의 풋풋함을 말 태운
> 옛 생각은 분홍빛 속에서 더디고 더딘 것
> 믿을 것이 못 되는 기억 두어 그루
> 울타리 이쪽에 붙박여 예전의 향기 뿜고 있다
>
> ——「앵두」 부분

감꽃 떠올린다 한들 그대가 시절을
기억할까, 담장 밖까지
수줍은 웃음꽃 파다했으니
치매로도 끊을 수 없게
질기디질긴 감꽃목걸이나 엮어줄걸

—「감꽃」 부분

앵두는 앵두로서, 감나무는 감나무로서 한철을 겪었고, 다시 유월이 되자 "옛 생각"만으로 "분홍빛" 열매와 "수줍은 웃음꽃"을 맺었다. 두어 그루 앵두는 두어 그루 기억이며, "감꽃 목걸이"는 "치매로도 끊을 수 없"는 "질기디질긴" 기억이다. 그러니 놀랍지 않은가? 늙음은 기억의 형식으로 과거를 보존하고 무로 수렴되면서 미래를 연장하고 몸과 분리되면서 현재를 둘로 나눈다. 그것은 순간 속에서 무한한 존재를 초대한다. "오물 다 뒤지며 아까부터/무언가를 주워 자루에 담고 있는 저 할머니, 〔……〕藥師琉璃光如來가 아니신가?"(「너에게도 무슨 병이」, 7-33) 세속의 할머니가 성자가 되는 길은 바로 저 늙음에 있다.

물론 '늙음'에 대한 사유는 끝내 '죽음'에 대한 사유와 교대될 것이다. 아래는 「민얼굴」의 앞부분이다.

노인이 안 보이고부터는 빈집인 줄 알았는데

116

어느 날 현관문에 금줄이 쳐지고
유체 정리반이 도착하고서
그 집, 한동안 망자 혼자 지키던 독채로 밝혀졌다
여름 하수구를 녹여내는 듯 한동안 풍비하던
퀴퀴한 냄새의 정체가
온 동네에 고독사를 알린 그 사내의 부고로 드러나면서
밤낮으로 출몰하는 소문 속 유령과 마주치지만
시신을 수습한 뒤에도 시취를 분해하던 오존은
몇 달이나 더 오래 이웃들에게
가까이 다가선 죽음을 각인시킬 것이다

"하수구" "풍비하던/퀴퀴한 냄새" "시취" "유령"의 수
식을 받는 한 사내의 "고독사"가 있다. 그는 "꽤 화려했던
독신주의자"였지만, "독거"(「심청 누님」)가 강요하는 개
별자의 운명을 피하지 못했다. 0의 문턱을 넘으면 우리는
누구나 죽음과 만나게 된다. 그러나 이 쓸쓸하고 비극적
인 죽음은 또 다른 삶, 아마도 죽음의 삶이라고나 불러야
할 다른 삶을 이 세계에 도입한다. 같은 시의 마지막 부분
이다.

두 달이나 발견되지 않고 혼자서 지킨 주검
어느새 숙성했는지 온몸이 검버섯으로 뒤덮였다

거기 누구요, 문 열고 내다보지 않아도
누구나 시시로 방 안에 우뚝 선 죽음의 민얼굴과 마주친다

죽고 나서도 고독했던 슬픈 죽음이 있는가 하면 삶이 끝
나고서도 여전히 숙성되는 이상한 삶도 있다. 몸이 양(陽)
의 실체라면 주검은 음(陰)의 실체다. 두 실체는 서로 다
른 힘을 갖는다. 비유컨대 공기를 잔뜩 넣은 풍선이 밖으
로 터져 나오려는 힘으로 가득하다면, 두 손으로 힘껏 잡
아당긴 고무줄은 안으로 돌아가려는 힘으로 가득하다. 전
자가 양압positive pressure이라면 후자가 음압negative
pressure이다.[3] 실제로 우주는 끌어당기는 중력(양압)보
다 밀어내는 중력(음압)이 더 커서 지금도 빠르게 팽창하
고 있다. 삶의 영역보다 죽음의 영역이 늘 더 큰 법이다.
삶에 소속된 주민들은 끝내 죽음의 영역으로 이사하지만
그 반대는 있을 수 없기 때문이다. 삶 쪽에서 보면 이보다
더 큰 비극은 없을 테지만, 죽음 쪽에서 보면 이보다 더
환영할 만한 일은 없을 것이다. 「민얼굴」의 마지막 장면은
이 사실을 충격적으로 증거한다. 그러나 이 둘이 반드시
대립하는 것만은 아니다.

백중을 구워내는 도가니 공장과 낮잠은

---

3) 브라이언 그린, 『멀티 유니버스』, 박병철 옮김, 김영사, 2012, pp. 91~92.

빼닮았다, 악몽에 빠진 공장장이

들고 건너온 구름 베개의 한낮

그늘을 버텨주던 숲의 마음이

옅은 잠귀에 대고 속삭인다, 떠도는

물방울들아 잘 견디느냐?

죽은 친구와 한참을 더 엎어졌다가

노을 비낀 저물녘으로 흘러나오니

땀 절인 몸이 솜처럼 혼곤하다

구름의 일생을 돌보느라

시드는 꽃자리가 바람 빠진 풍선이었나

서산 모롱이 어느새 어둠이 장착되고 있다

냉동사가 되어 일생을 꽁꽁 얼려버리는 꿈

모든 후일담과 환승기는

빼닮았다, 그 위에 얹히는 순간

지워질 차례를 기다리니

꽃들이 누선을 켜고 석양처럼 글썽거린다

잠이 오래면 예감은 엷어지는 것

그 꽃 만나러 가는 길 짧아졌음을 그대는 알까?

—「이 잠 저 잠」 전문

　　이를테면 "잠"은 삶과 죽음이 접면하는 한 표현형이다. 한 백일몽에서 "죽은 친구"를 만났다. 아니, 정확히는 그와 만나 "한참을 더 엎어졌다가" 저녁에 깨어났다. 꿈속에서 죽은 친구가 살아난 것이 아니라 생시의 내가 죽었던 것이다. 구름, 시든 꽃, 저물녘, 바람 빠진 풍선이 모두 그 죽음을 수식하고 있었다. "냉동사가 되어 일생을 꽁꽁 얼려버리는 꿈"을 꾸었던 것. 묘지가 고장 난 냉장고라 상상한(「냉장고 묘지」) 이에게 이것은 자연스러운 일일 것이다. 그러니 "모든 후일담과 환승기는/빼닮았다". 둘 다 그 위에 올라탄 이들을 다른 국면, 다른 삶/죽음으로 옮겨놓는다. 이것은 한편에서는 사라짐("지워질 차례")이지만, 다른 편에서는 나타남이다. 글썽이는 꽃들은 곧 시들 것인데, 나는 그 꽃을 들고 그대를 찾아갈 것이다. 이승에서 그것은 조화일 테지만 저승에서는 그렇지 않을 것이다. 이승에서의 잠이 저승에서의 잠과 다르듯. 죽음은 이처럼 한시적인 삶을 무한으로 개방해놓는다. 충격적이고 아름다운 다음과 같은 구절이 웅변하듯.

올려다보니 저무는 하늘,
깃털 몽땅 털린 기러기백숙 떼로 날고 있다
—「기러기백숙」 부분

4

김명인 시인의 서법이 발생시키는 무한의 몇몇 효과를,

시인의 사유가 표현하는 무한의 몇몇 테마를 살펴보았다.
이 무한은 궁극적으로 무엇을 겨누고 있는가? 일차적으로
그것은 삶의 마모를 향해 있다. 세월로 변환된 길, 울음으
로 현상하는 생각, 몸의 늙음을 의식하는 마음, 전생("전
생이 말이었나, 소였겠지", 「구제역」)이나 후생("후일담")
과 접속된 주검이 모두 세월의 풍파를, 늙어가거나 낡아가
는 한 삶의 풍찬노숙을 향해 있다. 삶이란 상처의 잇닿음
이다. 그렇다면 '상처'는 무엇의 표현형인가?

철썩이며 부서지는 파도의 실패들
감았다 풀었다 되감는
이것을 놀이라 할까?
태곳적부터 펼쳐놓은 실마리니
파도는 써버릴 무료 무진장 남아 있다
넘볼 수 없는 해발의 아득한 넓이
푸르둥둥한 걸신들이 저녁을 끌고 온다
가장 낮은 현을 건드리는 고요
내가 못 견디는 쓰라림
나 혼자 맛보려니, 사람아
상처가 없으면 그리움도 없으리!
어림잡아 그대는 일만 리 밖에 서고
나는 한 육십 리쯤에 그대를 당겨놓고
차감하니 수평 너머에 뜨는 불빛

까마득하여 분간이 안 되는 그 불빛으로
꽝꽝 언 마음 녹이느니
이 어로(漁撈) 얼어붙은 겨울밤바다가 일찍 잠근다
결심은 거추장스럽고 너무 많은 어둠 밀려와
파도는 파도소리밖에 업을 줄 모른다
　　　　——「상처가 없으면 그리움도 없으리」 전문

　저 파도의 "무진장"과 바다의 "넓이"야말로 시적 주체
앞에 펼쳐진 무한이다. "넘볼 수 없는 해발의 아득한 넓
이"는 길 없는 길의 무한이고 "가장 낮은 현을 건드리는 고
요"는 울음으로 드러난 무한이며, "내가 못 견디는 쓰라
림"은 몸에 기록된 무한이고 그대와의 "일만 리 밖" 거리
는 삶의 이쪽과 저쪽을 가르는 무한이다. 그리고 마침내
한 발언이 떠올라온다. "상처가 없으면 그리움도 없으리!"
상처란 그리움, 곧 사랑의 표현형이다. 실로 그럴 것이다.
사랑이란 "가장 낮은 현"을 울리는 고요의 들끓음이자 "일
만 리 밖"의 그대를 "육십 리쯤"으로 당겨놓는 견인이며
"무진장"으로 철벅이는 저 "파도"의 지속이다. 파도가 바
다를 표현하듯 사랑은 상처로 현상될 테지만, 우리는 사랑
이 향해 있는 곳, "까마득하여 분간이 안 되는 그 불빛"을
바라보며 이 아득함을 건너갈 것이다. 더러운 그리움에서
시작하여 상처의 그리움으로, 김명인의 시는 이 무한의 사
랑을 소망하지 않은 적이 없다. 설혹 그것이 모든 것을 잃

고 난 뒤에야 얻어지는 것일지라도. ▨

　사랑이여, 다 잃고 난 뒤에야
　무릎 꺾어 꿇어앉히는 마음의 이 청승
　　　　　　　　　　　　　　　　──「어두워지다」 부분